ISAURE ET OLIVIER,

Par A. BIGNAN;

POËME

COURONNÉ A L'ACADÉMIE DES JEUX FLORAUX,

LE 3 MAI 1822.

PRIX : 60 CENT.

PARIS,

POLLET, LIBRAIRE, RUE DU TEMPLE, N. 36,
PONTHIEU, LIBRAIRE, PALAIS-ROYAL.

1822.

ISAURE ET OLIVIER.

DE L'IMPRIMERIE DE J. SMITH, RUE MONTMORENCY, N°. 16.

ISAURE ET OLIVIER,

Par A. BIGNAN,

POËME

COURONNÉ A L'ACADÉMIE DES JEUX FLORAUX,

LE 3 MAI 1822.

PRIX : 60 CENT.

PARIS,

POLLET, LIBRAIRE, RUE DU TEMPLE, N. 36,
PONTHIEU, LIBRAIRE, PALAIS-ROYAL.

1822.

ISAURE ET OLIVIER.

POËME.

Sous le ciel toujours pur de la belle Provence,
Non loin des bords féconds que baigne la Durance,
Roger, enorgueilli d'innombrables aïeux,
Etend sur ses vassaux un sceptre impérieux.
Si la tombe implacable engloutit sa famille,
Du moins dans son Isaure il conserve une fille;
Le ciel a sur Isaure épuisé tous ses dons;
Elle a vu seize fois la fête des moissons,
Et l'amour a déjà dans son âme innocente
Glissé les premiers traits d'une flamme naissante.
Au sein des jeux brillans d'un tournois solennel
Célébré dans les murs du château paternel,
Olivier, signalant sa grâce et son courage,
De l'honneur à ses yeux a fait l'apprentissage;
Il a su, tour à tour fier d'un double laurier,
Chanter en ménestrel, triompher en guerrier.
Quand l'amour s'embellit des palmes de la gloire,
Quel cœur peut à l'amour disputer la victoire?

Isaure la lui cède, et l'heureux Olivier
De leurs chiffres unis pare son bouclier.
S'il s'élance aux tournois, sous les couleurs d'Isaure
Il combat plus vaillant et plus terrible encore ;
S'il veut chanter, soudain le sistre harmonieux
Isaure a soupiré ton nom délicieux.
Dirai-je ces sermens d'une foi mutuelle,
Et ces longs entretiens aux pieds de la tourelle,
Et ces travaux guerriers pour toi seule entrepris,
Excités d'un regard et payés d'un souris ?

   Roger avec douleur découvre ce mystère :
L'orgueil du souverain cède à l'amour du père ;
Il pardonne, il commande, et du jour nuptial
La cloche aux sons lointains murmure le signal ....
Hélas ! pourquoi ces jeux, ces banquets et ces fêtes ?
Tremblez, infortunés, la foudre est sur vos têtes.
Vous accourez à peine aux marches de l'autel
Répéter le serment d'un amour immortel,
L'oriflamme a brillé ; sous sa bannière antique,
Des champs de la Provence aux champs de l'Armorique,
Le casque sur le front, et la croix sur le sein,
Des enfans de Clovis le belliqueux essaim
S'élance, et, plein du Dieu qui noblement l'enflamme,
Sur Solyme en espoir arbore l'oriflamme.

Olivier, à sa gloire immolant son bonheur,
Répond en chevalier à l'appel de l'honneur;
L'honneur l'exige, il part..... son épouse alarmée
Voudrait, parmi les rangs de la pieuse armée,
S'exilant avec lui sous des cieux étrangers,
Partager ses travaux, adopter ses dangers;
Est-il rien que l'amour et n'affronte et n'oublie?
Mais son père commande et son époux supplie.
« O mon cher Olivier, puisqu'un sort inhumain
« Brise à peine formés les doux nœuds de l'hymen,
« Dieu le veut, obéis; vole où sa voix t'appèle;
« Va, cours plonger ton fer dans le sang infidèle;
« Français, chrétien, guerrier, c'est un triple devoir;
« Mais songe à ton Isaure et plains son désespoir.
« Combien entre nous deux s'élève de distance!
« Te voir était mon bien; t'aimer, mon existence...
« Sois fidèle. » Les pleurs obscurcissent ses yeux,
Et de brûlans baisers achèvent ses adieux:
Il a fui.... son départ t'abandonne au veuvage,
O malheureuse Isaure! attachée au rivage
Où tu vis sur les flots d'un élément jaloux
Le navire complice emporter ton époux,
Tu gémis nuit et jour, et ta mourante vue
Interroge des mers l'éternelle étendue;

Ton œil sur l'avenir se jette avec effroi ;
L'horizon du malheur est immense pour toi.
Le soleil a rempli le cercle de l'année,
Depuis qu'aux noirs regrets Isaure condamnée,
Aux pieds de l'Eternel s'inclinant chaque jour,
Vient du preux chevalier implorer le retour.
Que de riches présens ! que de saintes neuvaines !
Mais, ainsi que ses vœux, ses offrandes sont vaines.
Comme la fleur, ravie au zéphir matinal,
Le soir, voit se flétrir son éclat virginal :
Dans un chagrin profond Isaure ensevelie
Va périr moissonnée au printems de sa vie.
Que lui font les plaisirs ? que lui font les honneurs ?
Ils n'ont sans Olivier ni charme ni douceurs.
Pour comble de douleurs, l'agile Renommée,
Frappant de bruits confus sa tendresse alarmée,
Redit que le Jourdain en ses flots irrités
Roule au loin des Français les corps ensanglantés ;
Et qu'aux fureurs de Mars la peste réunie
Change en vaste tombeau les plaines de Syrie.
A ce fatal récit, combien elle a tremblé !
Surpris de ces revers, mais non pas accablé,
Chaque Français s'indigne, et, par ses cris de rage,
Des fils de Mahomet menace le rivage.

Le clairon retentit; on s'arme, et sur les eaux
La France voit encor s'élancer ses vaisseaux.
Isaure se ranime; un rayon d'espérance
Vient briller dans ce cœur éteint par la souffrance.
Doit-elle donc chérir la terre des aïeux,
Quand le plus doux aspect n'y charme plus ses yeux?
Où respire Olivier, elle voit sa patrie,
Et la France est pour elle aux champs de la Syrie.
Le casque orne son front, la lance arme son bras;
Elle feint de brûler de la soif des combats,
Et d'un dernier adieu saluant la Provence,
S'échappe sans regrets des lieux de sa naissance.
Insensée! en fuyant tu crois fuir tes malheurs;
Mais les pleurs dans tes yeux vont remplacer les pleurs.

A peine des Français la flotte auxiliaire
A touché du Jourdain la rive meurtrière,
Quel déchirant tableau consterne leurs regards!
L'épouvante, le deuil, la mort de toutes parts!
Partout la peste impure et la pâle famine
Des chrétiens abattus conspirent la ruine.
En ce double péril, la fille de Roger
Brûle de tout connaître et n'ose interroger.
De quel trait douloureux elle a senti l'atteinte,
Lorsqu'un cruel rapport, justifiant sa crainte,

L'instruit que des humains son époux séparé
Par d'horribles tourmens succombe dévoré !
Que de cris ! Que de pleurs ! Son dévoûment sublime
Veut aux mains du trépas disputer la victime.
Qu'importe si du moins elle meurt dans ses bras ?
Un pélerin fidèle accompagne ses pas.
Elle marche ; à ses yeux s'offre une plaine immense,
Où la nature expire, où le désert commence.
Là, point de verts palmiers ; là, point de clairs ruisseaux
Ne font tomber leur ombre, ou serpenter leurs eaux.
L'œil n'embrasse partout qu'une étendue aride ;
Partout des monts de sable, un soleil homicide,
Un silence profond qu'interrompt seulement
Des lions affamés le sourd rugissement.
Mais quelle tour au loin s'élève solitaire ?
Son vaste front domine un pieux monastère,
Où, martyrs de la foi, de nombreux chevaliers,
Décorés saintement du nom d'Hospitaliers,
Au culte du malheur vouant leur existence,
Prodiguent aux lépreux une noble assistance.
C'est là que pour toujours Olivier renfermé,
Et d'un mal sans espoir lentement consumé,
Comme un bienfait du ciel attend sa suprême heure.
Isaure, à cet aspect, trois fois s'arrête et pleure ;

Tremblante, elle s'approche, et les airs gémissans
Ont jusqu'à son oreille apporté ces accens :

∿∿∿∿∿

« Voici le temps heureux où la nature entière
« Verse de ses présens la fraîcheur printannière ;
« Déjà brille le mois des fleurs et des amours ;
« Tout renaît.... seul j'expire au matin de mes jours.
« Enseveli sans gloire aux rives étrangères,
« Je ne dormirai pas sur le sol de mes pères.

« Je ne salûrai plus les bords délicieux,
« Où s'ouvrit ma paupière à la clarté des cieux,
« Ni la lice poudreuse où ma naissante audace
«Parmi les chevaliers m'a conquis une place,
« Ni l'antique clocher dont l'airain solennel
« Appelait mon enfance aux pieds de l'Éternel.

« Je ne reverrai plus l'épouse bien-aimée
« Aux doux regards d'azur, à la bouche embaumée...
« O regrets ! si le sort me rendait à ses yeux,
« L'époux qu'elle aimait tant lui serait odieux ;
« Elle fuirait l'aspect de ce pâle visage,
« Où la lèpre hideuse imprima son outrage.

« Que suis-je? Un spectre errant sur les bords d'un tombeau.

« Le jour sur mes regards pèse comme un fardeau.

« Dans le sein des tournois, aux plaines du carnage,

« A quoi servent mes chants, à quoi sert mon courage?

« Mon courage abattu fléchit sous le malheur;

« Mes chants n'endorment pas le cri de la douleur.

« L'homme des anciens temps,* sur une paille immonde,

« Glorifiait encor le souverain du monde;

« Eh bien! souffrant toujours, ne blasphémant jamais,

« Seigneur, je bénirai tes augustes décrets.

« Que mon silence au moins désarme ta justice,

« Et qu'un heureux trépas termine mon supplice!»

A peine il a parlé, le front voilé de deuil,

Tel qu'un fantôme pâle échappé du cercueil,

Au sommet de la tour il se dresse; à sa vue,

De quel subit effroi tu frémis éperdue!

Sont-ce là d'un époux les regards et les traits?

Isaure, sans ton cœur tu le méconnaîtrais.

Au même étonnement Olivier flotte en proie;

Il palpite incertain de douleur et de joie.

* Job.

» Ciel! qu'ai-je vu? dit-il, en étendant les bras :

« Un prestige imposteur ne m'abuse-t-il pas?

« Est-ce Isaure elle-même, ou bien l'ombre d'Isaure?

« En vain tu m'es rendue; il faut te perdre encore...

« O bonheur! ô tourment! ô déchirans combats!

« Fuis; l'air qui m'environne est chargé de trépas.»

—« Moi te fuir, quand ce cœur, mourant de ton absence,

« Après un an d'exil, respire ta présence,

« Quand pour toi, pour toi seul j'ai sillonné les mers,

« Et traversé les monts, et franchi les déserts!

« Faut-il nous séparer, lorsque Dieu nous rassemble?

« Non, ce n'est plus souffrir que de souffrir ensemble.

« Laisse-moi, dérobée aux regards vigilans,

« Entourer tes douleurs de mes soins consolans.

« L'hymen qui l'inspira, soutiendra mon courage;

« Ton sort n'a rien d'affreux, si mon cœur le partage....

« Mais ton dernier asile est-il dans le tombeau?

« Le ciel doit à mes vœux un prodige nouveau.

« Comme aux temps où le chef* de l'antique Syrie

« Sept fois dans le Jourdain renouvela sa vie,

« Le Jourdain, entr'ouvrant ses flots miraculeux,

« Ne peut-il de ton mal éteindre aussi les feux?

* Naaman.

« Ne puis-je te conduire aux rives de la France ?

« Je te verrais bientôt, libre de ta souffrance,

« Dans le vallon natal, sous l'azur d'un beau jour,

« Y renaître à la gloire, y renaître à l'amour.

« Que ne peuvent les soins d'une épouse chérie !

« Quels maux ne guérit pas le ciel de la patrie !»

—« La patrie ! une épouse !...As-tu donc oublié

« Qu'au joug de la douleur le destin m'a lié ?

« En vain l'hymen sourit au malheureux qui tombe ;

« Mon épouse est la mort, et ma couche est la tombe.

« Sais-tu que les enfers n'ont jamais inventé

« Des maux pareils aux maux dont je suis tourmenté?

« Sais-tu que ma raison s'affaiblit et s'égare ?

« Sais-tu de tous mes sens quel feu brûlant s'empare?

« Vois d'ulcères rongeurs ce cadavre souillé,

« Vois ces regards éteints et ce front dépouillé ;

« Vois ton livide époux, flétri par l'insomnie,

« Mourir dans les horreurs d'une longue agonie.»

—«Quels que soient tes tourmens, je m'attache à ton sort,

« Tu m'appartiens toujours.» — «J'appartiens à la mort.»

Il dit et disparaît ; la gémissante Isaure

Pleure, ne le voit plus, regarde et pleure encore.

Bientôt un voile épais enveloppe les airs.

Dans ces lieux à la fois si cruels et si chers

Elle prie en silence. Oh! qu'une nuit d'attente
Pour la terreur qui veille est douloureuse et lente !
L'aurore enfin se lève, et ses feux renaissans
Éclairent de la tour les créneaux blanchissans.
Isaure, entre la crainte et l'espoir suspendue,
Regarde : nul objet ne vient frapper sa vue ;
Elle appelle : à sa voix nulle voix ne répond.
La pâleur de l'effroi s'imprime sur son front.
Lorsque les chevaliers du fond du monastère
Accourent, de ses cris ignorant le mystère,
Rapide, elle s'élance au milieu de leurs rangs,
Franchit le seuil, au loin porte ses pas errans,
Et monte dans la tour où d'une voix plaintive
Les accens ont ému son oreille attentive.
Elle entre ; quel tableau pour son œil éperdu !
Isaure ! en quel état Olivier t'est rendu !
De ses longues douleurs il agite sa couche,
Mais la plainte, à ta vue, expire dans sa bouche:
   « Où suis-je? se dit-il; quel ange bienfaiteur
« De mes derniers instans vient adoucir l'horreur?
« C'est toi, ma bien-aimée....O tendresse intrépide !
« Tu m'osés consoler sur ma couche homicide.
« Le ciel peut me frapper, je ne l'accuse pas....
« Il permet qu'à travers les ombres du trépas,

« Mes yeux, mes faibles yeux, long-temps privés d'Isaure,

« Sur ses traits adorés se reposent encore.

« Isaure, ton regard est un divin flambeau

« Qui change en un jour pur la nuit de mon tombeau.

« C'en est fait; l'Eternel marque ma dernière heure...

« Déjà s'ouvre pour moi la céleste demeure;

« Viens recueillir mon âme....insensé! qu'ai-je dit?

« Fuis l'aspect d'un chrétien, comme on fuit un maudit.

« Tremble que mes tourmens, devenus ton partage,

« Ne te lèguent ma mort pour unique héritage....

» Du lépreux expirant redoute les adieux;

« Laisse-moi; que ta main ne touche pas mes yeux...

« Je meurs.....» A peine au jour sa paupière est fermée,

Sur son corps palpitant Isaure inanimée

Tombe : on vient, on s'empresse; ô secours superflus!

Isaure et son époux ne se quitteront plus.

O couple infortuné! quel sacrifice égale

Ce pieux dévouement de la foi conjugale?

Du moins, pour consacrer de si touchans revers,

Un monument s'élève au milieu des déserts :

Là, deux palmiers amis, confondant leur ombrage,

D'Isaure et d'Olivier semblent offrir l'image;

Et dans ces lieux de mort le voyageur errant

Voit la tombe, s'incline, et s'éloigne en pleurant.